酒のまぬ
あさに酒んで
よる酒や

有賀 鯛人

東京図書出版

お酒は全世界、いたる所にあたりまえに存在します。

飲むか飲まないかは、本人の自由。

お酒による害が無く、お酒で豊かな生活が営まれるように、落ち着いて、飲み方をコントロールし、世の為、人の為、家族の為に情けをかけ続けて、生きていきたいものです。

入学祝い、就職祝い、結婚祝い、出産祝いなど、祝いの席でのアルコールは欠かすことができません。

アルコールは、二十歳になり大人の仲間入りをし、成人式をすませると、自由に飲むことができます。友達と居酒屋に行き、愉快な気持ちになり、カラオケに行っては、酒の量も増えていきます。

ある程度酒を飲める方は、酒を飲む程に楽しいひと時を過ごすことができるため、酒イコール楽しい時間という方程式の下、酒を飲む機会が増え、身体が酒に慣らされていきます。仕事を終え、夕方になると仕事仲間と飲んだり、飲まずに家に帰ったとしても、晩酌から始まりついつい飲み過ぎてしまったりで、夕方からは、身体中にアルコールが回り始め、アルコールの量によっては、次の朝から昼、または夕方までアルコールが消化されずに回ることもあります。二日酔いのつらさは、この歳になるまでには数知れず経験してきました。

アルコール依存症かと思われる私は、このアルコールの呪縛からのがれよう、のがれようと日々闘いつつ、ほとんど毎晩飲みつづけてきました。しかし、還暦を過ぎた頃から、歳のせいもあってか、少々の酒でも次の日まで残るようになり、仕事にも支障をきたす時もあって、辛い思いをする日が多くなりました。にもかかわらず、それでも、飽きもせず飲み続ける毎日。これが世間で言うところのアルコール依存症なのかと思い、何とかならないものかと常々思っておりました。

そんなある日、酒に対する思いの言葉が〝ふ〟と「酒を避けよと　叫んでみても　避けて通れぬ　酒の世界」と心に浮かび、それを紙に書き出して、「酒を酒よと　酒んでみても　酒て通れぬ　酒の世界」と、「避け」を、敢えて「酒」と書いてみるとなんだか面白い。思いつくまま次を書いてみると、「酒酒と　酒んでいるよ　な酒ない」とまたまた頭に浮かぶ。これはもしかして、今まで積み重ねてきた酒に対する思いが、溢れ出して来たのではないかと。敢えて、「さけ」、「しゅ」という言葉を「酒」と書く。頭の中は常に酒酒酒。酒に対するこの辛い思いを、溢れ出した気持ちを川柳のように表現すれば、少しは酒からのがれて、「少しでも酒られる」かもしれないと思い、書き出してみました。

現代社会では、アルコールを止めたくても止められない方々が非常に多いと思います。それらの方々も私と同じような気持ちになる時があると思います。楽しんで読んでいただき、何かのお役に立てば本望です。

酒酒と
酒んでいるよ
な酒ない

酒酒と
叫んでいるよ
情けない

酒だ酒だといつまでも飲み続ける。
ああ情けない。

酒いぞん
りせいを酒て
酒じゅばく

酒依存
理性を避けて
酒呪縛

アルコール依存症では理性の力が弱まり、酒に翻弄される。

酒のめば
酒ぶのどとい
酒られない

酒飲めば
叫ぶ喉と胃
避けられない

飲み過ぎた翌日は、胃は痛くなり、胃液が逆流し、胸焼けが激しくジンジンする。

酒やめて
ママ酒んでる
パパ酒る

酒止めて
ママ叫んでる
パパ避ける

「もう、お酒止めて」と女房が叫ぶ。
パパは、その言葉を躱す。

おかあ酒
酒のむあほう
酒びたり

おかあ酒
酒飲むあほう
酒浸り

もうちょっとだけと女房に言って、ちびちび飲んでいるうちに、深酒になる。

酒じんせい
酒られないよ
酒いぞん

酒人生
避けられないよ
酒依存

毎日、お酒を飲み続けていると、やがてアルコール依存症になる。

酒のめば
酒んでいるよ
酒やめて

酒飲めば
叫んでいるよ
酒止めて

いつまでも、お酒を飲んでいると、「いい加減にもう止めて」と
女房が叫ぶ。

な酒ない
ひとに酒さし
われ酒る

情けない
他人に酒差し
我避ける

今日こそは我慢しようと、飲み会で自分だけがウーロン茶を飲む
情けなさ。

酒のめば
酒とおれぬ
酒じごく

酒飲めば
避けて通れぬ
酒地獄

少しだけと思っても、いつの間にか飲み過ぎて、二日酔いになる。

酒いぞん
酒はりせいで
酒られぬ

酒依存
酒は理性で
避けられぬ

アルコール依存症になると、理性も役に立たない。

いが酒ぶ
酒のせいだと
酒ぶおれ

胃が叫ぶ
酒のせいだと
叫ぶ俺

胃が痛くなるのは、自分が悪いのではなく、お酒が悪いと、お酒のせいにする。

酒ぶ酒
酒酒酒ぶ
いが酒ぶ

叫ぶ酒
酒酒叫ぶ
胃が叫ぶ

今日も酒、明日も酒、時には深酒。胃が痛い痛いと叫びだす。

酒びたり
酒はどうして
酒られぬ

酒浸り
酒はどうして
避けられぬ

何時も思う。どうしたら、アルコール依存症から抜け出せるのかと。

ちょっと酒
たが酒されて
もっと酒

ちょっと酒
箍裂け切れて
もっと酒

ちょっとだけよと、少しずつ飲んでいるうちに、理性の箍が外れ
調子に乗り、深酔いに至る。

きん酒して
酒を酒たが
酒こいし

禁酒して
酒を避けたが
酒恋し

禁酒をしてみたが、いつもより、いっそう飲みたくなる。

むね酒ぶ
酒のせいだな
酒やめよ

胸叫ぶ
酒のせいだな
酒止めよ

朝方、心臓の鼓動が大きく、速くなっていることに気が付き、お酒を止めようと思う。

酒やめた
酒のせきでは
な酒ない

酒止めた
酒の席では
情けない

お酒を止めようと、覚悟を決めたが、友達との飲み会の席では、
辛いものがある。

酒やめた
つまに酒んで
かくれ酒

酒止めた
妻に叫んで
隠れ酒

「お酒はもう止めるよ」と妻に言ったが、どうしても飲みたくなり、隠れて飲む。

はら酒び
酒のせいだと
酒んでる

腹叫び
酒のせいだと
叫んでる

二日酔いがお腹に来て、一時間に一回、トイレ通いをするのは、
お酒のせいだと叫ぶ。

酒じゅばく
酒ても酒ても
酒いぞん

酒呪縛
避けても避けても
酒依存

お酒を止めよう止めようと思っても、なかなか止められない。

きのう酒
酒がいわすれ
きょうも酒

昨日酒
酒害忘れ
今日も酒

二日酔いで頭が痛くなったりしても、今日もまた、むかえ酒を飲んでしまう。

酒ぶつま
それでも酒は
酒られぬ

叫ぶ妻
それでも酒は
避けられぬ

「お酒は止めてください」と妻は言うが、どうしても止められない私がいる。

酒ぶ酒
酒酒酒ぶ
なはで酒

叫ぶ酒
酒酒叫ぶ
那覇で酒

仕事も終わり、一杯行こうと、誘い誘われ、ほとんど毎日飲み続けた、那覇での生活。

酒っこくし
酒とはじゃかるた
ばり酒のむ

出国し
首都はジャカルタ
バリ酒飲む

インドネシアのバリ島に旅行した折、バリ島の地酒を堪能し、異国の風情を味わう。

あわもり酒
酒みのさんしん
酒のとも

泡盛酒
趣味の三線
酒の友

泡盛を飲みながら、沖縄の「三線《さんしん》」で私の趣味の一つである、宮古民謡を奏でると、何とも優雅な気分に浸れる。

しん酒うで
のむ酒うまし
たつの酒

信州で飲む酒美味し辰野酒

沖縄県の宮古島市に住んで二十年近くになるが、ふと、実家である長野の辰野で飲んだ日本酒の美味さを思い出す。

酒酒て
のん酒びーる
酒ふうみ

酒避けて
ノン酒ビール
酒風味

たまには、休肝日を設けて、ノンアルコールのビールを飲み、身体に対するアルコールの害から逃れようと思う。

酒せかい
せいしん酒ぎょう
酒られぬ

酒世界
精神修行
避けられぬ

毎日毎日、飲み続けているお酒の世界からの脱却のためには、精神修行が必要である。

いん酒して
かんぞう酒ぶ
酒酒て

飲酒して
肝臓叫ぶ
酒避けて

お酒を飲み続けていると、肝臓に対する血液検査結果が、悪くなる。

ひとり酒
酒てとおれぬ
酒のりょう

一人酒
避けて通れぬ
酒の量

一人で飲んでいると、ついつい飲み過ぎてしまう。

酒のまぬ
あさに酒んで
よる酒や

酒飲まぬ
朝に叫んで
夜酒屋

二日酔いで朝は辛いのに、夕方になると飲んでしまう。

じぶん酒
おお酒酒て
ひとに酒

自分酒
大酒避けて
他人に酒

自分はあまり飲まずに、他人にどんどんお酌をし、酔わそうと。
ちょっぴりの悪戯か。

酒のんで
にょうぼに酒ぶ
酒じごく

酒飲んで女房に叫ぶ酒地獄

いつの間にか深酒になり、女房に当たり散らし、地獄的な様相になる。

酒で酒
酒酒酒で
いらぶ酒

酒で酒
酒酒酒で
伊良部酒

宮古島市伊良部に移住してからも、ここの風習のオトーリを回して飲み続ける。

酒やめよ
いつも酒んで
きょうも酒

酒止めよ
何時も叫んで
今日も酒

今日こそ、飲まずにおこうと思って家に帰るが、なかなか止められない。

すこし酒
たいりょう酒は
酒られぬ

少し酒
大量酒は
避けられぬ

少しの酒が、いつの間にか、深酔い酒になる。

酒られぬ
酒のむなかま
酒さそう

避けられぬ
酒飲む仲間
酒誘う

酒飲み友達から誘われると、どうしても断れない。

酒のめば
のど酒い酒
しりも酒

酒飲めば
喉裂け胃裂け
尻も裂け

歳を取って、お酒を飲み続けていると、逆流性食道炎、胃潰瘍、
痔になりやすい。

な酒ない
酒をのんでは
酒んでる

情けない
酒を飲んでは
叫んでる

情けないことに、深酔いしては、女房に当たり散らして叫んでいる。

酒おちて
あしゆび酒て
いたみ酒

酒落ちて
足指裂けて
痛み酒

冷蔵庫を開け、ビール缶を握ったが、手が滑り、右足中指に落下。
約二カ月間、痛くて歩くことが大変だった。

酒酒て
酒やめちゃおう
酒ぶおれ

酒避けて
酒止めちゃおう
叫ぶ俺

酒を遠ざけて、止めてしまおうと思う私もいる。

酒をたち
にょうぼとあく酒
酒を酒

酒を断ち
女房と握手
酒を避け

酒はもう止めると、女房と握手した時もあった。

いが酒ぶ
それでも酒ぬ
酒のわな

胃が叫ぶ
それでも避けぬ
酒の罠

昨夜飲み過ぎて胃が痛い。それでも夕方になると、どうしても飲みたくなり、飲んでしまう。

酒やめた
酒んでみたら
みやげ酒

酒止めた
叫んでみたら
土産酒

今日は、お酒を我慢して飲まないでおこうと思っているところへ、
女房が、一緒に飲もうと、ワインを土産に帰る。

酒ぬけて
酒がいわすれ
また酒を

酒抜けて
酒害忘れ
又酒を

二日酔いの、きつい辛さも何処へやら。夕方になると、つい飲んでしまう。

酒たべて
たまご酒のみ
よいを酒

鮭食べて
卵酒飲み
酔いを避け

飲む前に生卵を飲み、つまみに鮭を食べれば、肝臓機能が高まり、アルコールを早く消化してくれると、テレビで放送された。

酒んでる
酒もうやめて
じが酒ぶ

叫んでる
酒もう止めて
痔が叫ぶ

いぼ痔の私は、大酒を飲むと、身体に収めることがとても大変になる。

ふく酒た
どこで酒たか
酒のあと

服裂けた
どこで裂けたか
酒の後

朝、気が付くと服が破れている。昨日、飲んでからの記憶がない。

つま酒ぶ
酒でむこきゅう
いびき酒

妻叫ぶ
酒で無呼吸
鼾酒

深酔い酒をすると、無呼吸になり、鼾がうるさいと、妻が怒り、注意される。

酒をあけ
いま酒たのし
あと酒ぶ

酒を開け
今酒楽し
後叫ぶ

お酒を飲んでいる時は楽しいが、深酔いすると、何を言い出すかわからない。

酒あおぐ
いま酒うまし
いが酒ぶ

酒仰ぐ
今酒美味し
胃が叫ぶ

美味い、美味いとお酒を飲み続けていると、次の朝、胃がしくしくと痛む時がある。

酒やめよ
酒んでいるよ
なあ酒よ

酒止めよ
叫んでいるよ
なあ酒よ

私は、お酒を止めたいんだけど、どうしたら止められるかと、お酒に聞く。

いん酒して
酒ぶぼうげん
つま酒ぶ

飲酒して
叫ぶ暴言
妻叫ぶ

深酔いして、妻に当たり散らす。妻怒る。

ちょい酒も
酒にはめられ
な酒ない

ちょい酒も
酒に嵌められ
情けない

ちょっとだけ飲もうと思っても、ついつい飲み過ぎて、情けなく
思う。

はら酒ぶ
もう酒やめて
酒酒て

腹叫ぶ
もう酒止めて
酒避けて

飲み過ぎて、下痢をしたり、痛くなったりと、もう酒は止めてくださいと、お腹が訴えているが如く、痛み出す。

酒びたり
酒酒たいと
酒んでる

酒浸り
酒避けたいと
叫んでる

ついつい、毎日飲んでしまうことが嫌になり、休みたいと思うが、
飲んでしまう。

酒のんで
酒とおれぬ
酒ぶママ

酒飲んで
避けて通れぬ
叫ぶママ

お酒を飲むと、妻からの言葉が厳しくなり爆弾が落ちる。

酒酒て
たわごと酒る
な酒あり

酒避けて
たわごと避ける
情け有り

女房の為に、今日は飲まずに我慢して、いらぬたわごとを言わないでおこうと、情けをかける。

あびる酒
酒はやめてと
酒ぶつま

浴びる酒
酒は止めてと
叫ぶ妻

浴びるほど飲んで、たわごとを言う私に、もう止めてと、怒る妻。

酒のみて
酒んでみたい
酒のかこ

酒飲みて
叫んでみたい
酒の過去

酒での失敗が、過去に沢山あり、自慢げに話したい時もある。
言ってはいけないことではあるが。

酒みても
酒てみようと
酒とじる

酒みても
避けてみようと
酒閉じる

お酒が目の前にあっても、今日は我慢。

酒のめば
酒いきくさく
ベッド酒

酒飲めば
酒息臭く
ベッド避け

日本酒をたらふく飲み、ベッドに入り休もうとしたら、息が酒臭いと、女房が離れて眠る。

酒やめよ
酒んでみても
酒びたり

酒止めよ
叫んでみても
酒浸り

依存性のあるお酒は、なかなか止められない。

酒かんを
酒パッとあけて
ぐは酒で

酒缶を
シュパッと開けて
具は鮭で

酒缶（缶ビール等）の開け口を、シュパッと開けて飲む。つまみには、焼き鮭が美味しいし、肝臓の働きが良くなるらしい。

いつも酒
むねはら酒ぶ
じが酒ぶ

何時も酒
胸腹叫ぶ
痔が叫ぶ

毎日毎日、お酒を飲み続けていると、心臓が躍ったり、下痢が続いたり、いぼ痔が大きく腫れて元に戻すことが大変になりとても辛い。

酒を酒
酒のみ酒て
酒ばなれ

酒を避け
酒飲み避けて
酒離れ

ひとりで飲むお酒を我慢し、酒友達からのお誘いも断り、お酒から離れようとする気持ち。

酒やめて
酒ぐせきえて
酒く酒くと

酒止めて
酒癖消えて
粛々と

お酒を飲まない時は、お酒によるたわごともなく、静かにひっそりとしているさま。

酒を酒
しんじん酒むけ
酒っぱつだ

酒を避け
新人種向け
出発だ

酒を遠ざけて、酒に頼らない、新しい人間（新人種）に向けて頑張ろうと思う気持ち。

酒びたい
さくやの酒は
どくやく酒

叫びたい
昨夜の酒は
毒薬酒

飲み過ぎた朝は、冷や汗が出るわ、下痢になりトイレから出られないわと、大変なことになる時がある。この辛さは、いったい、何なのだと叫びたくなる。

いつまでも、アダルトチルドレンでいるわけにもいかないと思い、暗中模索している。

そんなある日、地元の新聞のコラムに、「自制心は、私たちの豊かな人生を築くための土台である」といった記事が載った。

何気なく読んでみると、

「外的には、世の名声、内的には、肉の欲望を満たすための誘惑等。いずれの欲求に重点を置くべきかの選択の自由も与えられています。それ故に、自制心を働かせて、正しい方向に心をむけさせ、自分の行為を正していかなければ、自分の人生を自分で不幸にしてしまいます。」

と、確かにそうである。人間の自然的な認識能力である理性をもって、お酒を制限できなければ、また、「自制心」をもって、自分から積極的に変えていかないと、本当のアダルトになれないとつくづく思った。

酒が有る
少し百薬
多量毒

と、分かってはいるが、私には、難しい。少々のつもりが、いつの間にか多量になる。少しだけ飲もうと思った時は、安全のために、全く飲まないことがよろしいと思う、今日この頃である。

缶ビールに貼ってある応募シールを48枚、応募葉書に貼って応募すると、特別なビールが貰えるというので、シールを集めていたが、締切りが明日の消印まで、と知った。しかし、シールがあと30枚足らない。どうしようかと迷った末に、これからもどうせ飲むからと、缶ビールをまとめて30本買って来た。応募葉書は完成し、目出度く応募することができた。さて、缶ビール30本を目の前にして、飲まない手は無いと思い、早速飲み始める。今日は3本ぐらいにしておこうと思ったが、案の定、0時過ぎまで飲み続け、

6本飲んでしまう。前の日には、日本酒を飲み過ぎていたためか、今朝は、大変なことになった。そのことを川柳にしたのが、先に書いた毒薬酒である。

そこまで、分かっている私だが、そうは問屋が卸さない。先に書いた「肉の欲望」が私は人一倍強いのか、なかなかお酒から離れることができない。

しかし、何とか、この酒の害から逃れようと、今まで体験してきた辛い思いを書き出し、何度も読み返して、より深く考え、考察し、その結果を実行することが、本当のアダルトに向けて進むべき道と思われる。私にとってのそれは、禁酒するしか道は無いと思い当たった次第である。

酒みても
酒やめられた
酒くふくだ

酒見ても酒止められた祝福だ

家には、今日もアルコール類があるにもかかわらず、我慢して飲まずに床に就けたことに対して、自分を褒めたい。

ふろで酒パ
おと酒パかくし
どを酒る

風呂でシュパ
音シュパ隠し
怒を避ける

「まだ飲むの」と女房に言われないために、開ける音が聞こえないよう、奥の風呂場で、五本目の缶ビールをシュパと開ける。

酒ありて
わたしの酒みは
いん酒かな

酒有りて
私の趣味は
飲酒かな

アルコールという物があり、それを利用して楽しむ。国語辞典に
趣味とは「専門家としてでは無く、楽しみとして、する事柄」と。

酒っしゃした
きのうふか酒
酒くさい

出社した
昨日深酒
酒臭い

昨夜飲み過ぎて酒臭いが、みんなに、ばれないように、風邪を引いた振りをして、マスクをして働く。

いわい酒
きらくに酒だ
酒ら酒酒酒

祝い酒
気楽に酒だ
シュらシュシュシュ

お祝いに呼ばれて飲む酒は、祝い酒だ。あやかるためにも、大いに飲める喜び。

酒っぱつだ
つま酒っちょうで
きらく酒

出発だ
妻出張で
気楽酒

仕事で妻が出張。気楽に酒が飲める。色々言われて飲む酒より、
自由に飲める酒は、体に良いかも。

きらく酒
つま酒っちょうで
おお酒に

気楽酒
妻出張で
大酒に

妻が出張で飲む酒は、気楽に飲めるが、おとがめが無い分、大量に飲んでしまう時がある。自由に飲める酒は、体に悪い時もある。

酒らんした
酒でしっぱい
酒レッダー

酒乱した
酒で失敗
シュレッダー

酒を飲み過ぎて、失敗した過去の出来事は、シュレッダーで粉々にするがごとく消したいのだが、現実はそうは問屋が卸さない。

酒があり
酒のおかげで
酒みたのし

酒が有り
酒のおかげで
趣味楽し

お酒が、この世に有るおかげで、酒にまつわる喜怒哀楽な人生を、
川柳でも楽しむことができる。

酒がしゅみ
酒がいさけて
けんこう酒

酒が趣味
酒害避けて
健康酒

酒を飲むことを趣味にするには、健康的な飲み方、たとえば「酒は飲むべし、百薬の長」になるように、酒に飲まれないことだ。

酒のめば
うんてん酒やめ
じょ酒せきへ

酒飲めば
運転手止め
助手席へ

酒を飲んだら、少しのアルコールでも、絶対にハンドルは握らないこと。

ふか酒で
けさいが酒ぶ
酒やめよ

深酒で
今朝胃が叫ぶ
酒止めよ

昨夜、飲み過ぎたためか、胃のあたりが昼ごろまで痛い。今日ぐらいは、お酒を飲まずに胃を休ませようと思う気持ち。

酒ぬけて
じぶんの酒じん
酒つぼつす

酒抜けて
自分の主人
出没す

夕方、シャワーに入っていると、二日酔いが抜けた感じで、頭がはっきりしてきた。理性で考えられる自分に戻った気がした。

酒っしゃなし
酒てたいふう
酒うまし

出社無し
避けて台風
酒美味し

台風は避けたいが、近くに来てしまった。明日は、会社が休みになった。今夜は、お酒が飲める。

久々に静岡から、義理の弟が宮古島に帰り、宮古に生活している親戚のほとんどが集まり、男衆は宴会が始まる。

義理のお兄さん宅でのことで、七十七になるお兄さんも嬉しそうに、ビールを調子よく飲む。私も何だか楽しくビールが進む。孫たちも集まり、わいわい、がやがや、楽しいひと時を過ごす。

女房の運転で家に帰るころには、酔いもまわり、いい調子。そのまま休めばよかったものを、何時もの調子で自制心の箍がはずれ、日本酒に氷を入れて飲み始める。やっぱり飲み過ぎて、案の定、次の日は一日中、胃が痛い。さすがにその日は飲む気になれず、久しぶりに飲まずに床につく。

朝、三時半ごろトイレに行くと、その後寝付けない。中学生の頃、自分で漫画を描いていたことを思い出す。その名は、シュライダー博士。怪獣をやっつけるために研究を続けていたところ、助手の女性がコーヒーを淹れて運んでいた際に、つまずき、怪獣の肉の破片にコーヒーをこぼしてしまう。そしたら、どうしたことか、肉の破片が溶け出した。これを見たシュライダー博士は、「出来田！」と。怪獣を溶かす薬を発見したと、大喜び。それで「できた」と、ばんざいする。「出来田」は、「シュツ・ライ・ダ」とも読める。それでシュツライダをシュライダと読み、シュライダー博士が誕生した……ことを思い出す。

酒ことば
酒くはくさきで
酒つらいだ

酒言葉
宿泊先で
出来田

孫に会いに、次女が住む仙台に行ったとき、いくつもの酒川柳が出来田（できた）ことを思い出して、ひらめいた川柳。

酒のめば
しんや酒うしん
酒つきんく

酒飲めば　深夜就寝　出勤苦

お酒を飲みだすと、どうしても、遅くまで飲んでしまい、深夜に就寝することになり、次の朝、出勤することが、辛くなる。

酒のまぬ
そうちょう酒ぶ
酒ことば

酒飲まぬ
早朝叫ぶ
酒言葉

お酒を飲まないで就寝したら、早朝三時半ごろから、酒川柳が頭に浮かび、なかなか寝付けなくなる。

かいしゃの酒
酒わんほめられ
酒つせみち

会社の主
手腕褒められ
出世道

会社の社長から、自分の手腕を褒められ、認められ、出世の道を辿る。

つま酒うしん
うでまくら酒
ひとり酒

妻就寝
腕まくら避け
ひとり酒

妻に腕まくらをしてやり、スキンシップをしたく思うが、飲み続けているので、お酒の席から離れられない自分がいる。

酒のまぬ
そうちょう酒ぶ
せんぞの酒

酒飲まぬ
早朝叫ぶ
先祖の主

飲まずに就寝した朝四時ごろ、寝付かれず、目を閉じて横になっていると、私の顔の前で、おじさん風の方が、私に向かって何かをしゃべっている。内容はわからなかった。

酒のまぬ
酒ことばさえ
酒うしんく

酒飲まぬ
酒言葉冴え
就寝苦

何だか、頭が冴えて、酒川柳が色々浮かぶ。おかげで、眠ることができない。

ご先祖様のどなた様が教えて下さっていらっしゃるのかわかりませんが、ここに書かれた七つの酒川柳は、この早朝、三時半ごろから四時過ぎごろまでに、寝ながら、いっきに、浮かんだ酒川柳です。

酒のめば
もっと酒ほし
酒られぬ

酒飲めば
もっと酒欲し
避けられぬ

お酒を少しでも口にしたら、いつまでも飲み続ける自分がいる。

酒さそう
酒がいおぼえ
やめた酒

酒誘う
酒害覚え
止めた酒

お酒を見てしまうと、どうしても飲みたくなるのは、お酒が私を誘っているのか。しかし、お酒の害が身に染みてからは、飲むことに抵抗を感じてきた。

酒くふくだ
酒なくいきる
酒っぱつへ

祝福だ
酒無く生きる
出発へ

お酒を飲まない人生にしようと、思い立ったことに対して、祝福する気持ち。

酒のまず
ほんきで酒て
かぞく酒ご

酒飲まず
本気で避けて
家族守護

お酒を飲まないことに、本気で取り組むことで、家族を守ろうとする思い。子供たちは、私に似て、よく酒を飲む。それは、私のせいだと、妻は言う。

酒をさけ
酒せいかつに
酒うしふへ

酒を避け
酒生活に
終止符へ

お酒による害を考え、家族への迷惑も考え、考えて、考えた末に、
お酒は止めなければいけないと思う気持ち。

お酒を飲み始めて四十一年間の思い。

お酒を少しでも飲み始めると、なかなか止まらなくなり、ほとんど毎日、深夜まで飲み続ける。と、次の日の朝、トイレから出られなくなったり、冷や汗をかいたり、身体中が熱くなり汗が止まらず辛い思いをしたりと、酒害による体調不良が続く。

毎朝、毎朝、「今日はお酒を止めよう、止めよう」と、思い続けているが、夕方になると、アルコール類が欲しくなり、いつの間にか飲んでいる自分がいる。次の日の苦しさを忘れたかのように、今日だけは、大丈夫と思い、飲み続ける。お酒を止めると飲んだ時の辛さを忘れ、また飲んでしまう。この繰り返しである。

つまり、飲まない時は、飲んだ時の辛さを忘れ、飲んだ時も、今日だけは大丈夫と、飲んだ時の辛さを忘れる。

結局、心の中で思っているだけで、その思いはすぐに忘れていく。

そんな時、この酒川柳がどこからともなく頭に浮かび、お酒を飲んだ時の苦しさ、辛さを書き出し、顕在化することにより、何度も読み返すことができるようになった。

この酒川柳を何度も読んでいるうちに、繰り返す酒害による辛さが身に沁みてきたのか、酒の量が減り、時には、二、三日飲まなくても、普通でいられる日が多くなってきた。

私と同じように、お酒で悩める皆様も、この酒川柳を読まれ、少しでも酒害からのがれられますよう、謹んでお祈り申し上げる。

完

有賀　鯛人（ありが　たいと）

1953年長野県辰野町に生まれる。高校卒業後、駒沢大学、東京電機大学（II部）ワンダーフォーゲル部主将。卒業後、家族にとっての理想郷を目指し、長野、沖縄本島、長野と住所を移し、平成８年より沖縄県宮古島市伊良部島に移住。在家僧侶「知客職」徳照。宮古民謡教師。

酒のまぬ　あさに酒んで　よる酒や

2016年２月12日　初版発行

著　者　有賀鯛人
発行者　中田典昭
発行所　東京図書出版
発売元　株式会社 リフレ出版
〒113-0021　東京都文京区本駒込 3-10-4
電話 (03)3823-9171　FAX 0120-41-8080
印　刷　株式会社 ブレイン

ISBN978-4-86223-927-3 C0092
Printed in Japan 2016
落丁・乱丁はお取替えいたします。

ご意見、ご感想をお寄せ下さい。

［宛先］〒113-0021　東京都文京区本駒込 3-10-4
東京図書出版